WILLIMANTIC PUBLIC LIBRARY
3 4036 07658 0475

¡Música para todo el mundo!

por Vera B. Williams

traducido por Aída E. Marcuse

A MULBERRY PAPERBACK BOOK
UN LIBRO MULBERRY EN ESPAÑOL • NEW YORK

Con todo mi agradecimiento
para Savannah

The Library of Congress has cataloged the Mulberry English-language edition as follows:

Williams, Vera B. Music, music for everyone.
Summary: Rosa plays her accordion with her friends in the Oak Street Band and earns money to help her mother with expenses while her grandmother is sick. ISBN 0-688-07811-7
[1. Family life—Fiction. 2. Bands (Music)—Fiction. 3. Grandmothers—Fiction.] I. Title. PZ7.W6685Mu 1984 [E] 83-14196

10 9 8 7 6 5 4 3 2 1
First Mulberry Spanish-language Edition, 1995
ISBN 0-688-14021-1

Nuestro cómodo sillón de la sala está vacío desde hace días.

Cuando me regalaron el acordeón, Abuela y Mamá se sentaban en el sillón para oírme practicar. Y por las tardes, cuando volvía de la escuela y Mamá aún estaba trabajando en el restaurante, Abuela me esperaba sentada en el sillón junto a la ventana. Abuela siempre se asomaba, hasta cuando nevaba a grandes copos, que le rodaban por el pelo, y me llamaba: "Apúrate, cariño, tengo algo muy bonito para ti".

Pero ahora Abuela está enferma. Guarda cama en el cuarto de invitados del apartamento de tía Ida y tío Santiago. Mamá, tía Ida, tío Santiago y yo nos turnamos para cuidarla. Cuando regreso de la escuela, corro escaleras arriba a preguntarle si necesita algo. Le llevo la sopa que Mamá le dejó preparada, riego sus plantas y le cuento si el cacto de Navidad ya tiene pimpollos. Después me siento junto a ella en la cama y hablamos de mis cosas.

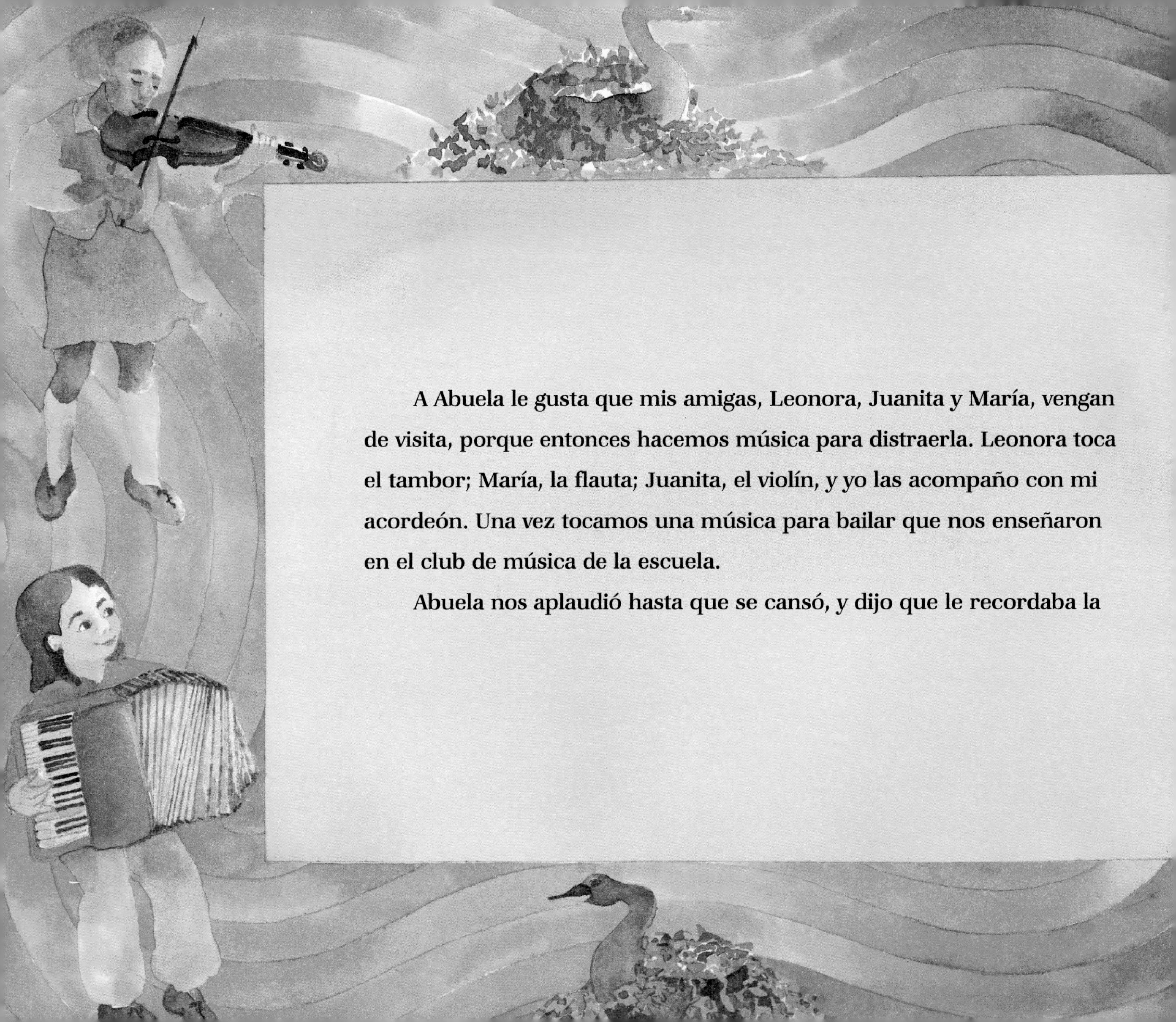

A Abuela le gusta que mis amigas, Leonora, Juanita y María, vengan de visita, porque entonces hacemos música para distraerla. Leonora toca el tambor; María, la flauta; Juanita, el violín, y yo las acompaño con mi acordeón. Una vez tocamos una música para bailar que nos enseñaron en el club de música de la escuela.

Abuela nos aplaudió hasta que se cansó, y dijo que le recordaba la

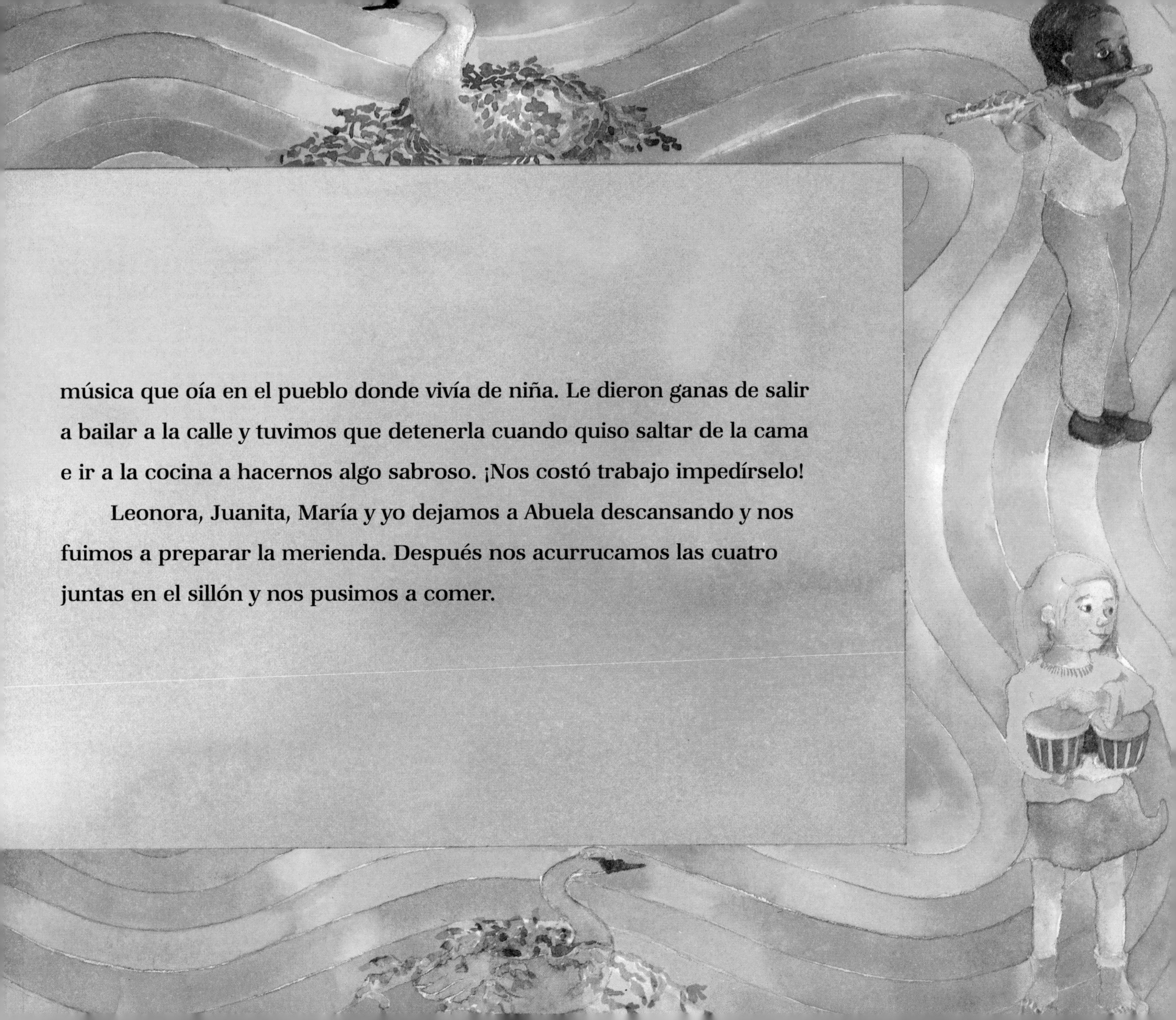

música que oía en el pueblo donde vivía de niña. Le dieron ganas de salir a bailar a la calle y tuvimos que detenerla cuando quiso saltar de la cama e ir a la cocina a hacernos algo sabroso. ¡Nos costó trabajo impedírselo!

Leonora, Juanita, María y yo dejamos a Abuela descansando y nos fuimos a preparar la merienda. Después nos acurrucamos las cuatro juntas en el sillón y nos pusimos a comer.

—Qué triste es estar sentadas aquí sin tu abuela —dijo Leonora con pesar—. Hasta el botellón parece triste, completamente vacío en la repisa.

—¿Recuerdan cuando estaba tan lleno que yo no podía levantarlo? Fue cuando compramos el sillón para mi mamá —dije.

—¿Y recuerdas que cuando te regalaron el acordeón todavía estaba medio lleno? —dijo Juanita.

—Te apuesto que tuvieron que vaciarlo porque tu mamá necesita el dinero para cuidar a tu abuela hasta que mejore. Nos pasó lo mismo cuando mi papá tuvo el accidente y no pudo trabajar por mucho tiempo —dijo María.

María tenía una moneda de diez centavos en el bolsillo y la echó en el botellón.

—Esto hará que se vea un poco mejor —dijo. Y se marchó a su casa.

Pero cuando Juanita, Leonora y María se fueron, el botellón me pareció aún más vacío. Me pregunté cómo haríamos para llenarlo otra vez si Abuela no se curaba. Me pregunté cuándo podría bajar las escaleras y volver a vivir con nosotras. Hasta el hermoso sillón tapizado de rosas parecía vacío, solamente conmigo acurrucada en un rincón. La casa parecía muy sola y callada.

Fui a buscar mi acordeón y empecé a tocarlo. Las notas resonaban dulcemente en el cuarto vacío. Una canción de otros tiempos me pareció tan linda, que la repetí una y otra vez. Recordé que mamá me había contado cómo mi otra abuela tocaba el acordeón. Desde niña había tocado en fiestas y bodas para que los presentes cantasen y bailasen. Cuando terminaba, los invitados reclamaban, mientras golpeaban el piso con los pies: "¡Más, más!" Y al marcharse le dejaban dinero sobre la mesa.

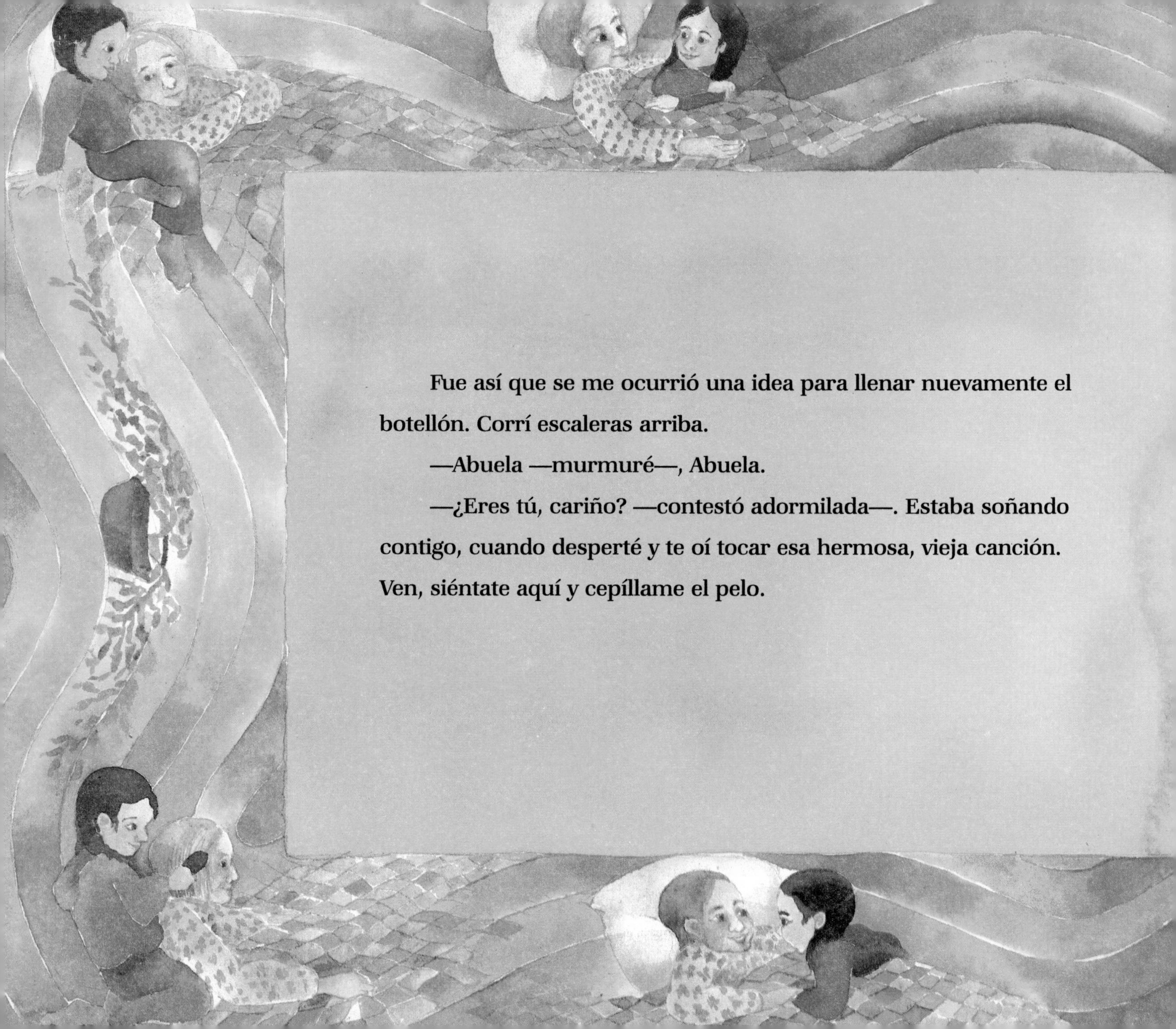

Fue así que se me ocurrió una idea para llenar nuevamente el botellón. Corrí escaleras arriba.

—Abuela —murmuré—, Abuela.

—¿Eres tú, cariño? —contestó adormilada—. Estaba soñando contigo, cuando desperté y te oí tocar esa hermosa, vieja canción. Ven, siéntate aquí y cepíllame el pelo.

Mientras le cepillaba el pelo le conté mi idea. Abuela pensó que era estupenda.

—Por favor, Abuela, dime la verdad. ¿Crees que podremos hacerlo, siendo tan chicas?

—Creo que Juanita, Leonora, María y tú pueden hacerlo muy bien. Sin duda alguna —contestó —. Habla con ellas de tu proyecto ahora mismo. Corre, llámalas y pregúntales qué piensan.

Así nació la Banda de la Calle Oak.

Nuestras maestras de música nos ayudaron a elegir las piezas más adecuadas para nosotras. La tía Ida, que toca la guitarra, nos ayudó a ensayarlas. Hacíamos los ensayos en nuestro porche. Pero un día, un vecino se asomó a la ventana en pijamas y gritó:

—Oigan, chicas, tocan muy bien pero terminen ya, ¿no? Trabajo de noche, y de día necesito dormir.

Después de eso practicamos adentro de la casa. Abuela dijo que escucharnos la ayudaba a curarse más rápido.

Por fin mi maestra de acordeón dijo que tocábamos realmente bien. El tío Santiago dijo lo mismo. A la tía Ida y a Abuela les parecíamos fantásticas. Mamá pensó que oír nuestra música haría feliz a cualquiera.

SANDWICHES
EGG 1.35
HAM 2.50
CHEESE 1.50
GOOD TASTY
CITRUS
TOMATO

La madre de Leonora nos ofreció el primer trabajo. Iba a dar una fiesta para los bisabuelos de Leonora, y nos pidió que tocásemos en ella. Sería un festejo muy especial, pues celebrarían cincuenta años desde que abrieran el mercadito en la esquina de nuestra calle. Ahora, la madre de Leonora se encarga del mercado. Mientras trabaja le gusta escuchar la radio a todo dar. Pero quería animar la fiesta con música en vivo.

Todos los tíos y tías de Leonora, sus primos y muchos vecinos de nuestra calle vinieron a la fiesta. Mamá, tía Ida y tío Santiago caminaron desde casa hasta la esquina muy despacito, al paso de Abuela. Era la primera vez que Abuela salía a la calle desde su enfermedad.

En el jardín había una mesa larga, hecha con mesitas puestas una junto a la otra. Estaba tan llena de enormes fuentes de comida, que casi no se veía el mantel. Pero yo estaba demasiado nerviosa para pensar en comer.

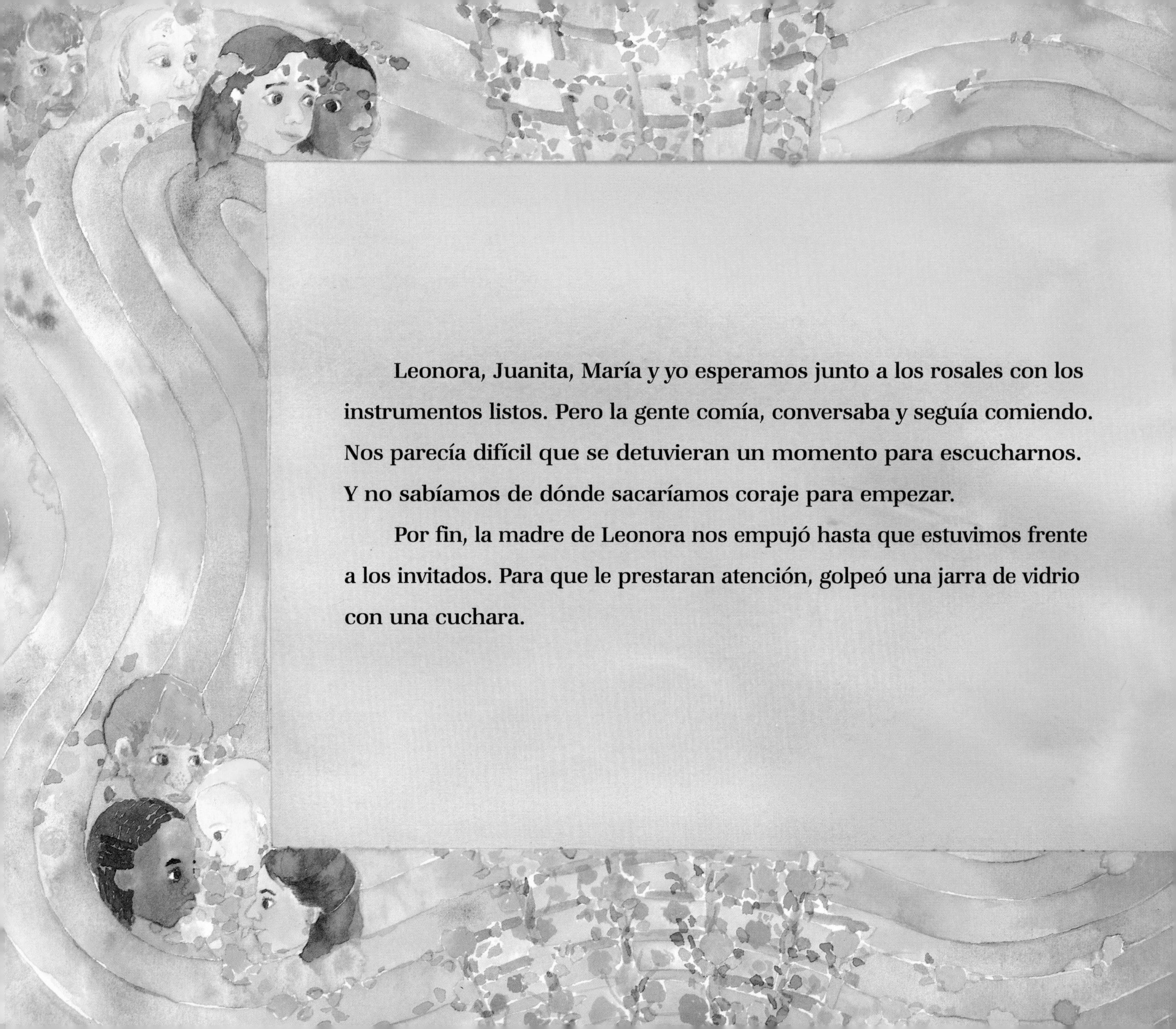

Leonora, Juanita, María y yo esperamos junto a los rosales con los instrumentos listos. Pero la gente comía, conversaba y seguía comiendo. Nos parecía difícil que se detuvieran un momento para escucharnos. Y no sabíamos de dónde sacaríamos coraje para empezar.

Por fin, la madre de Leonora nos empujó hasta que estuvimos frente a los invitados. Para que le prestaran atención, golpeó una jarra de vidrio con una cuchara.

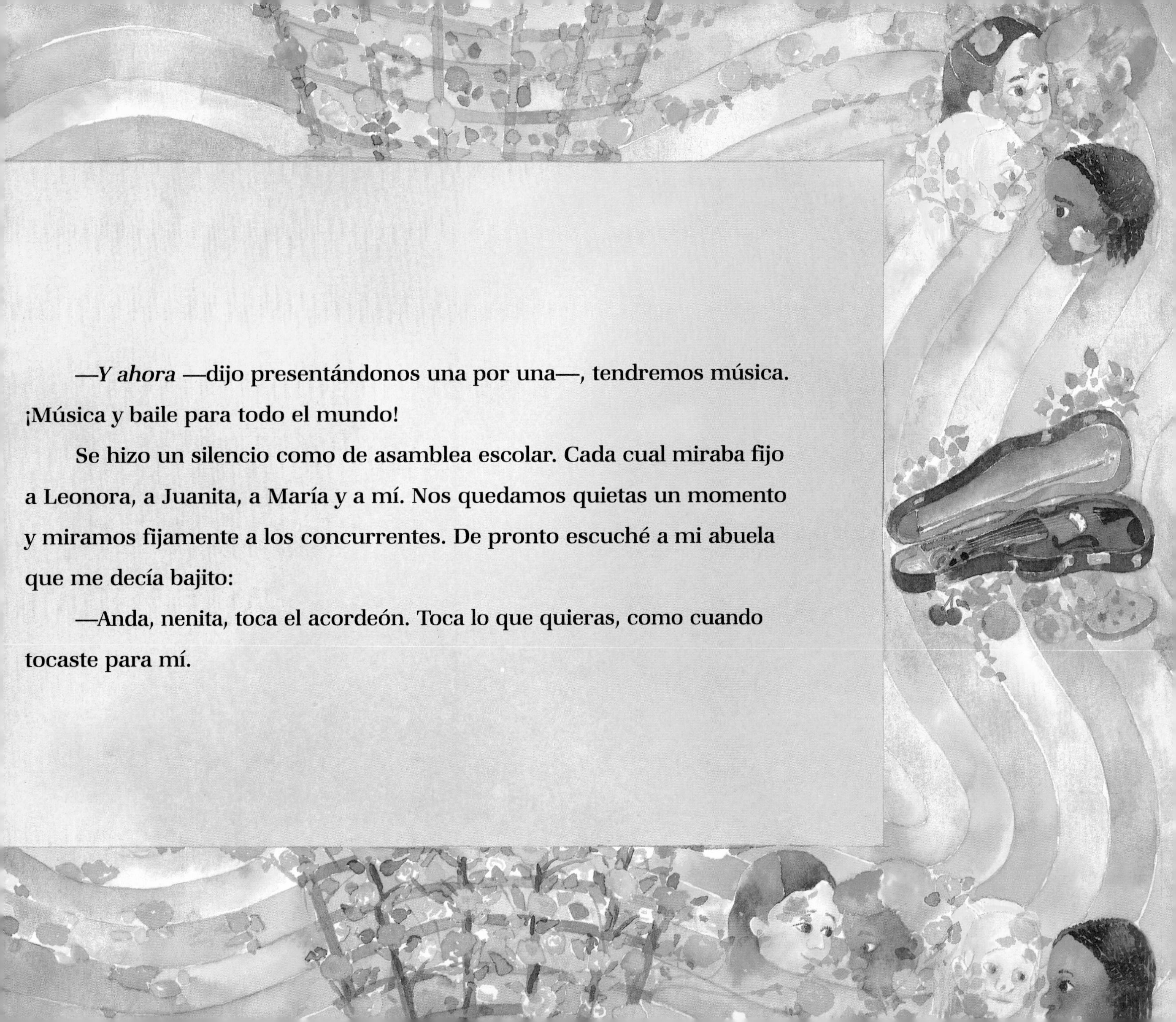

—*Y ahora* —dijo presentándonos una por una—, tendremos música. ¡Música y baile para todo el mundo!

Se hizo un silencio como de asamblea escolar. Cada cual miraba fijo a Leonora, a Juanita, a María y a mí. Nos quedamos quietas un momento y miramos fijamente a los concurrentes. De pronto escuché a mi abuela que me decía bajito:

—Anda, nenita, toca el acordeón. Toca lo que quieras, como cuando tocaste para mí.

Puse los dedos en las llaves y los botones de mi acordeón. Juanita se acomodó el violín bajo el mentón. María se llevó la flauta a la boca. Leonora puso las manos sobre el tambor. Empezamos a tocar, y tocamos y tocamos sin parar. De vez en cuando nos equivocábamos, pero sonábamos como una banda de verdad.

Se encendieron las luces, y todos empezaron a bailar.

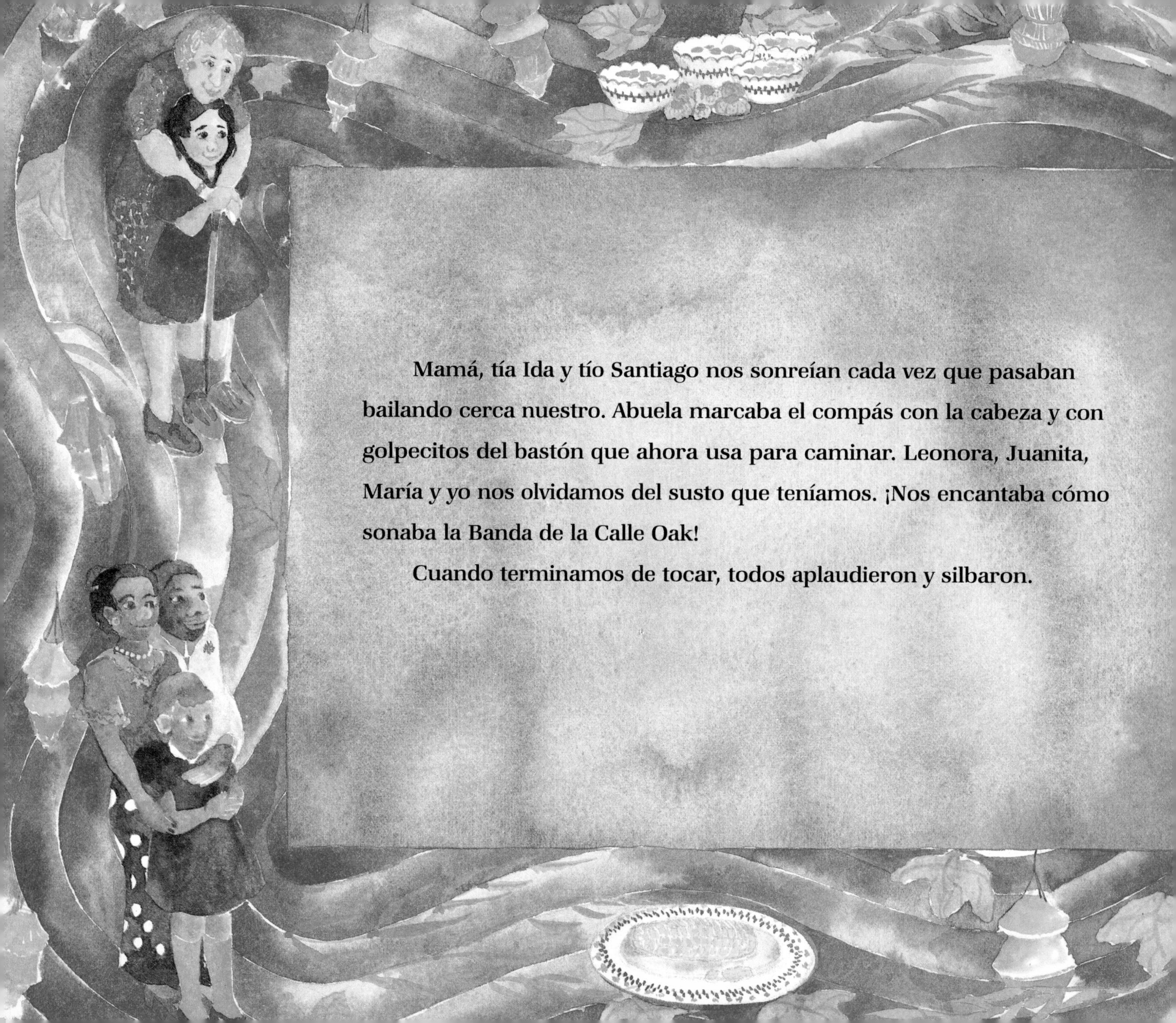

Mamá, tía Ida y tío Santiago nos sonreían cada vez que pasaban bailando cerca nuestro. Abuela marcaba el compás con la cabeza y con golpecitos del bastón que ahora usa para caminar. Leonora, Juanita, María y yo nos olvidamos del susto que teníamos. ¡Nos encantaba cómo sonaba la Banda de la Calle Oak!

Cuando terminamos de tocar, todos aplaudieron y silbaron.

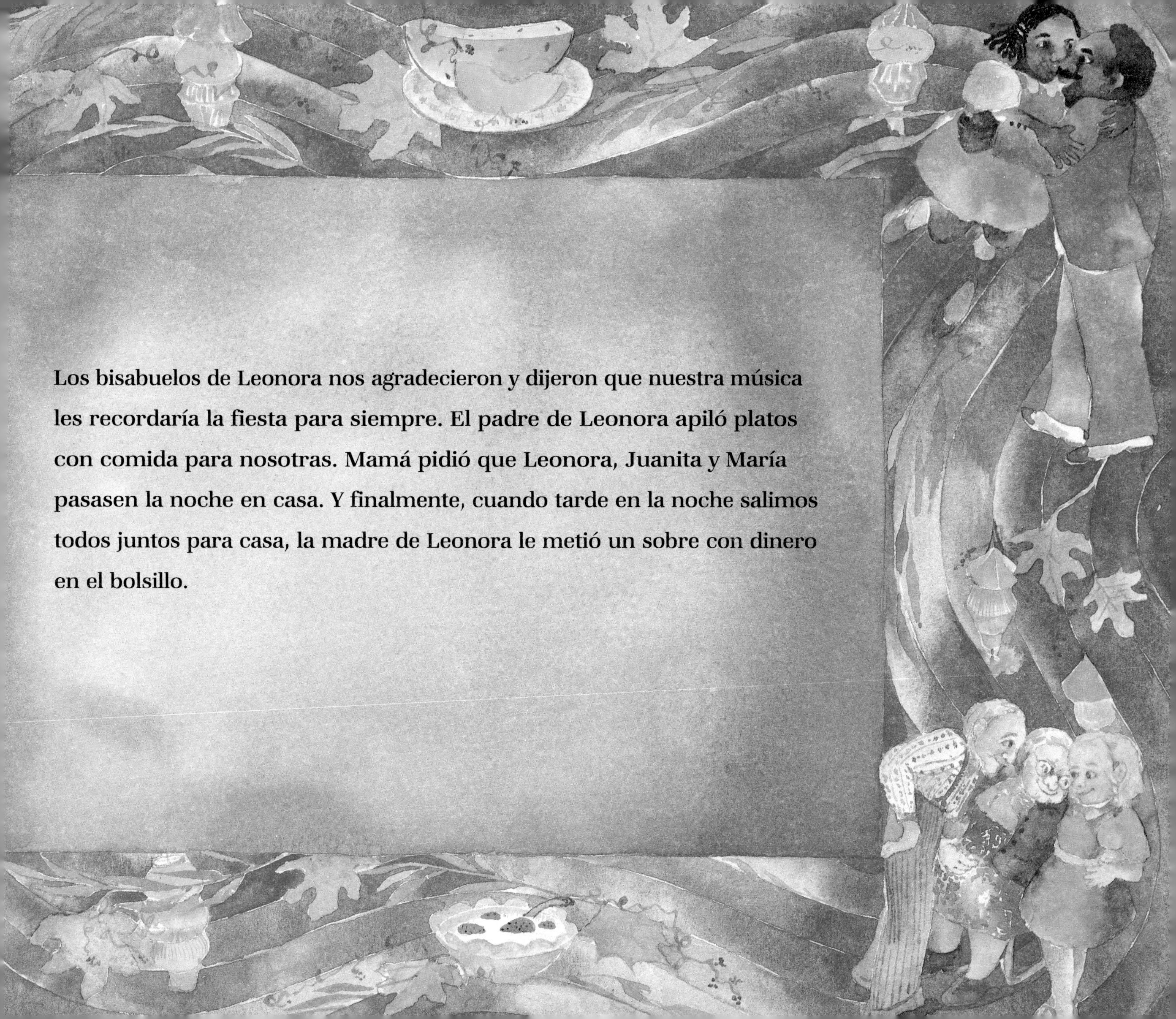

Los bisabuelos de Leonora nos agradecieron y dijeron que nuestra música les recordaría la fiesta para siempre. El padre de Leonora apiló platos con comida para nosotras. Mamá pidió que Leonora, Juanita y María pasasen la noche en casa. Y finalmente, cuando tarde en la noche salimos todos juntos para casa, la madre de Leonora le metió un sobre con dinero en el bolsillo.

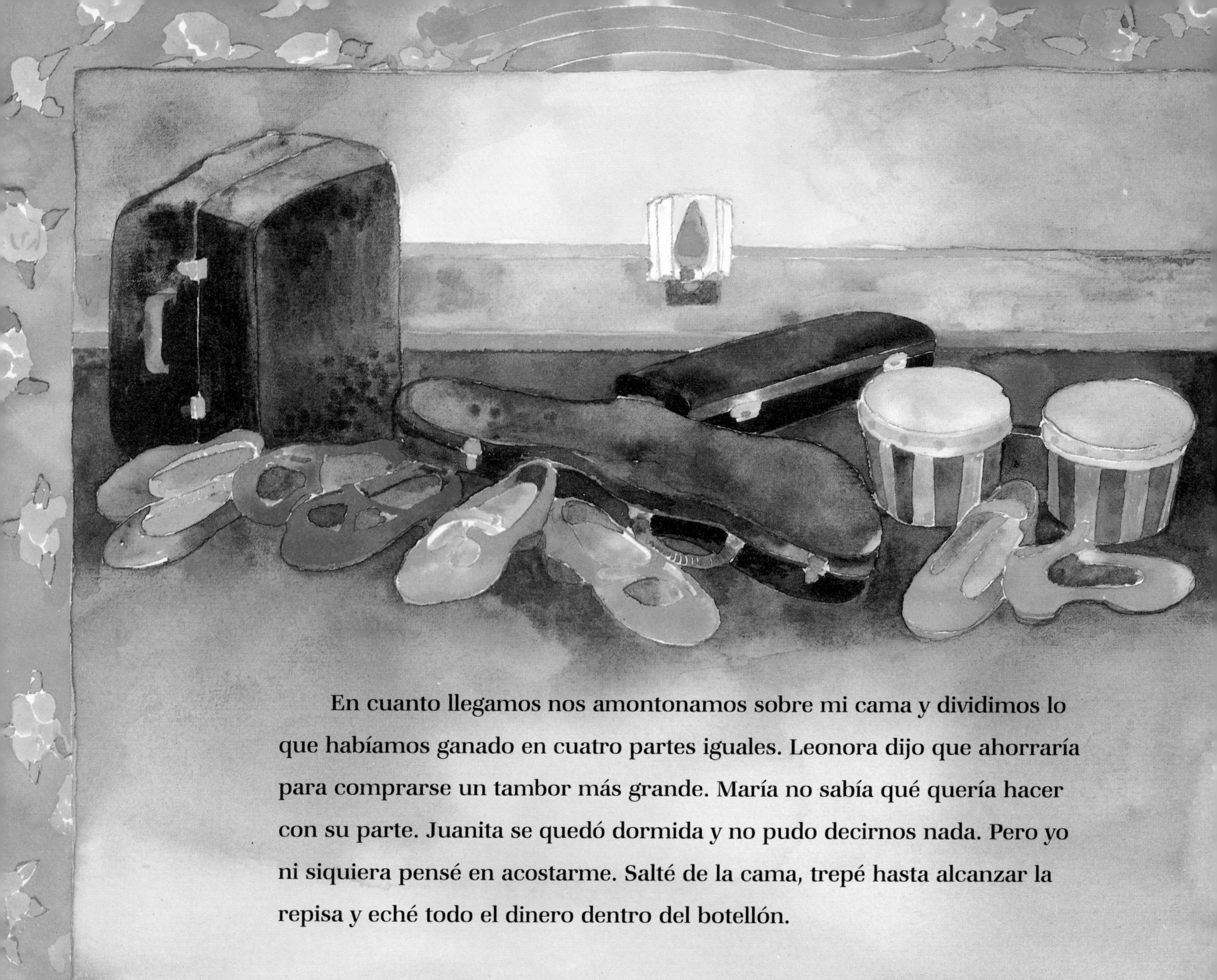

En cuanto llegamos nos amontonamos sobre mi cama y dividimos lo que habíamos ganado en cuatro partes iguales. Leonora dijo que ahorraría para comprarse un tambor más grande. María no sabía qué quería hacer con su parte. Juanita se quedó dormida y no pudo decirnos nada. Pero yo ni siquiera pensé en acostarme. Salté de la cama, trepé hasta alcanzar la repisa y eché todo el dinero dentro del botellón.